FERNANDO LALANA

REAL PRÍNCIPES FÚTBOL CLUB

ILUSTRADO POR

LUCÍA BARRIOS

Menudos cuentos

Primera edición: marzo de 2025

Ediciones Toromítico • Colección: Menudos cuentos
Director editorial: Óscar Córdoba
Directora de colección: Isabel Carril

www.toromitico.com
pedidos@almuzaralibros.com - info@almuzaralibros.com

Editorial Almuzara
Parque Logístico de Córdoba. Ctra. Palma del Río, km 4
C/8, Nave L2, nº 3. 14005 - Córdoba

Imprime: Gráficas La Paz
ISBN: 978-84-19962-43-0
Depósito: CO-491-2025
Hecho e impreso en España - *Made and printed in Spain*

Para mi nieto Óscar,
príncipe de Chelsea
y seguidor del Real Zaragoza.

En el campeonato de liga de los Países Gordos, compiten ocho equipos de fútbol.

Hoy juegan el Real Príncipes F.C. contra la Unión Deportiva Trovadores.

EN EL CAMPEONATO DE LIGA DE LOS PAÍSES GORDOS, COMPITEN OCHO EQUIPOS DE FÚTBOL.

HOY JUEGAN EL REAL PRÍNCIPES F.C. CONTRA LA UNIÓN DEPORTIVA TROVADORES.

Todos los príncipes salen al ataque. Los once. No saben jugar de otro modo.

El trovador Mandolino corta un pase y avanza unos metros. Desde medio campo, chuta a puerta.

TODOS LOS PRÍNCIPES SALEN AL ATAQUE. LOS ONCE. NO SABEN JUGAR DE OTRO MODO.

EL TROVADOR MANDOLINO CORTA UN PASE Y AVANZA UNOS METROS. DESDE MEDIO CAMPO, CHUTA A PUERTA.

El balón traza en el aire una bella parábola, bota en el área y, muy despacito, entra en la portería contraria.

¡Goooooooool...! ¡Gol del Trovadoreees!

EL BALÓN TRAZA EN EL AIRE UNA BELLA CURVA, BOTA EN EL ÁREA Y, MUY DESPACITO, ENTRA EN LA PORTERÍA CONTRARIA.

¡GOOOOOOOOOL...! ¡GOL DEL TROVADOREEES!

¡¡GOOOOOOOL!!

La entrenadora de los príncipes es la bruja Maruja. Tiene muy mal genio.

–¡Baltasar Carlos! ¿Qué haces ahí, inútil? Tenías que estar en la portería.

–¡Ni hablar! ¡Yo soy un príncipe, no un portero!

LA ENTRENADORA DE LOS PRÍNCIPES ES LA BRUJA MARUJA. TIENE MUY MAL GENIO.

–¡BALTASAR CARLOS! ¿QUÉ HACES AHÍ, INÚTIL? TENÍAS QUE ESTAR EN LA PORTERÍA.

–¡NI HABLAR! ¡YO SOY UN PRÍNCIPE, NO UN PORTERO!

Ningún príncipe quiere ponerse de portero. Al final del partido, los trovadores les han metido nueve goles. Todos, a puerta vacía.

NINGÚN PRÍNCIPE QUIERE PONERSE DE PORTERO. AL FINAL DEL PARTIDO, LOS TROVADORES LES HAN METIDO NUEVE GOLES. TODOS, A PUERTA VACÍA.

PRÍNCIPES
0
TROVADORES
9

–¡Esto es una vergüenza! –exclama Maruja, en el vestuario–. ¡Aquí se viene a sudar la camiseta!

–¡Huy, qué asco! –dice Federico Carlos.

–¡A callar! Mañana, entrenamiento a las ocho.

–¡ESTO ES UNA VERGÜENZA! –EXCLAMA MARUJA, EN EL VESTUARIO–. ¡AQUÍ SE VIENE A SUDAR LA CAMISETA!

–¡HUY, QUÉ ASCO! –DICE FEDERICO CARLOS.

–¡A CALLAR! MAÑANA, ENTRENAMIENTO A LAS OCHO.

3
4
5
6
3
5

–Yo no puedo. Tengo clase de ballet –dice Luis Carlos.

–Y yo tengo una cena en palacio –dice Florencio Carlos.

–¡Estoy hablando de las ocho de la mañana! –grita Maruja.

–YO NO PUEDO. TENGO CLASE DE BALLET –DICE LUIS CARLOS.

–Y YO TENGO UNA CENA EN PALACIO –DICE FLORENCIO CARLOS.

–¡ESTOY HABLANDO DE LAS OCHO DE LA MAÑANA! –GRITA MARUJA.

Los príncipes se llevan las manos a la cabeza. ¡Imposible! Ningún príncipe del mundo se levanta de la cama antes de las doce.

LOS PRÍNCIPES SE LLEVAN LAS MANOS A LA CABEZA. ¡IMPOSIBLE! NINGÚN PRÍNCIPE DEL MUNDO SE LEVANTA DE LA CAMA ANTES DE LAS DOCE.

ZZZZZZZ

La bruja Maruja saca del bolsillo su varita mágica. Gruñe como un ogro.

–Y el que llegue tarde... ¡que se vaya preparando!

LA BRUJA MARUJA SACA DEL BOLSILLO SU VARITA MÁGICA. GRUÑE COMO UN OGRO.

–Y EL QUE LLEGUE TARDE... ¡QUE SE VAYA PREPARANDO!

Cuatro días después, Maruja ha convertido en ranas a todos sus jugadores. Viven juntos en el mismo charco.

—¡Estoy harto de comer moscas! —se lamenta Roberto Carlos—. ¡Quiero jamón!

CUATRO DÍAS DESPUÉS, MARUJA HA CONVERTIDO EN RANAS A TODOS SUS JUGADORES. VIVEN JUNTOS EN EL MISMO CHARCO.

—¡ESTOY HARTO DE COMER MOSCAS! —SE LAMENTA ROBERTO CARLOS—. ¡QUIERO JAMÓN!

—¡Y yo quiero volver a ser alto y rubio! —lloriquea Carlos Carlos.

Solo el beso de una princesa puede romper el conjuro de la bruja.

—¡Necesitamos una princesa!

—¡Y YO QUIERO VOLVER A SER ALTO Y RUBIO! —LLORIQUEA CARLOS CARLOS.

SOLO EL BESO DE UNA PRINCESA PUEDE ROMPER EL CONJURO DE LA BRUJA.

—¡NECESITAMOS UNA PRINCESA!

–¡Huy, mirad, mirad! ¡Por ahí vienen once!

–¡Qué bien! ¡Estamos salvados!

Es la plantilla del Real Princesas, C.F.F. Vienen al trote.

–¡Chicas! ¡Mirad qué ranas tan graciosas!

–¡HUY, MIRAD, MIRAD! ¡POR AHÍ VIENEN ONCE!

–¡QUÉ BIEN! ¡ESTAMOS SALVADOS!

ES LA PLANTILLA DEL REAL PRINCESAS, C.F.F. VIENEN AL TROTE.

–¡CHICAS! ¡MIRAD QUÉ RANAS TAN GRACIOSAS!

8
6
3
11
9

—No sé por qué, siempre que veo una rana, me entran ganas de darle un beso.

—¡Y a mí!

—¡Y a mí!

Los príncipes levantan la mejilla, para recibir el mágico beso de las princesas.

—NO SÉ POR QUÉ, SIEMPRE QUE VEO UNA RANA, ME ENTRAN GANAS DE DARLE UN BESO.

—¡Y A MÍ!

—¡Y A MÍ!

LOS PRÍNCIPES LEVANTAN LA MEJILLA, PARA RECIBIR EL MÁGICO BESO DE LAS PRINCESAS.

11

—Ahora, no —dice la entrenadora—. Tenemos que continuar. Podéis venir a besuquear ranas después del entrenamiento.

—AHORA, NO —DICE LA ENTRENADORA—. TENEMOS QUE CONTINUAR. PODÉIS VENIR A BESUQUEAR RANAS DESPUÉS DEL ENTRENAMIENTO.

Una hora más tarde, las princesas vuelven al charco, pero ya no queda ninguna rana.

Una familia de cigüeñas se las ha zampado a todas para merendar.

Esa temporada, el Real Princesas quedó campeón de la Liga.

UNA HORA MÁS TARDE, LAS PRINCESAS VUELVEN AL CHARCO, PERO YA NO QUEDA NINGUNA RANA.

UNA FAMILIA DE CIGÜEÑAS SE LAS HA ZAMPADO A TODAS PARA MERENDAR.

ESA TEMPORADA, EL REAL PRINCESAS QUEDÓ CAMPEÓN DE LA LIGA.

Años más tarde, las princesas se convirtieron en reinas de los Países Gordos.

Nadie se acuerda de los príncipes.

Nadie se acuerda de la bruja Maruja.

FIN DEL PARTIDO

AÑOS MÁS TARDE, LAS PRINCESAS SE CONVIRTIERON EN REINAS DE LOS PAÍSES GORDOS.

NADIE SE ACUERDA DE LOS PRÍNCIPES.

NADIE SE ACUERDA DE LA BRUJA MARUJA.

FIN DEL PARTIDO

MORALEJA (SOLO PARA PADRES):

NO HAY RIVAL PEQUEÑO,
HASTA EL RABO, TODO ES TORO
Y, SI TE HE VISTO, NO ME ACUERDO.
(LUIS ARAGONÉS)

Juega con el cuento a:

Adivinar
Investigar
Descubrir
Crear

- Señala los personajes que están **contentos**.
- Señala los personajes que están **enfadados**.
- ¿Hay más personajes contentos o enfadados?
- Busca en el libro un personaje que tenga **miedo**.

Observa estos dibujos y explica qué sucede:

Encuentra en el segundo recuadro cómo sigue cada frase del primer recuadro para que tenga sentido, búscala en el cuento y léela en voz alta:

Desde medio campo...

La entrenadora de los Príncipes...

Ningún príncipe quiere...

Necesitamos...

Una hora más tarde,...

Todos viven felices...

... ponerse portero

... y comen perdices

... chuta a puerta

... es la bruja Maruja

... las princesas vuelven al charco

... una princesa

TIPOS DE COMPRENSIÓN LECTORA PARA EDUCADORES Y PADRES

A continuación se ofrece un test de comprensión lectora. El objetivo de este test es ver los distintos tipos de comprensión lectora.

La comprensión lectora es la competencia imprescindible para que a un niño le guste leer y consiga el hábito lector. Si no entiende lo que lee no le interesarán los libros ni ningún texto escrito.

Esta capacidad se relaciona con el éxito escolar, porque la mayoría de aprendizajes se realizan a través de la lectura.

En este test se presentan los tres tipos de comprensión lectora:

1.ª Comprensión de las imágenes. Es el primer nivel de comprensión lectora, ya que este tipo de lectura es llamada lectura de imágenes y es previa a la lectura de texto.

2.ª Comprensión lectora directa. Se comprueba a través de preguntas cuya contestación se encuentra en el texto.

3.ª Comprensión lectora indirecta. Aquí la respuesta a las preguntas no está en el texto y el lector tiene que inferir la respuesta. Por ejemplo, en el texto «la chaqueta de la niña es de color del cielo» el niño tiene que inferir que la chaqueta es de color azul.

En el test hay tres preguntas de cada tipo de comprensión. Las visuales van en color verde, las directas en color azul y las indirectas en color rojo.

La comprensión lectora se debe desarrollar con juegos como los de las páginas anteriores. Para poder seguir practicando se ofrecen más juegos en: www.menudoscuentos.com

www.menudoscuentos.com

TEST DE COMPRENSIÓN LECTORA

¿De qué es la tarta que cena Florencio Carlos en el palacio?

¿De qué color es la camiseta de Los Trovadores?

¿Cuántas ranas hay en el charco?

¿Quién es la entrenadora de Los Príncipes?

¿En qué convierte la entrenadora a los jugadores?

¿Quiénes fueron las reinas de los Países Gordos?

¿Quién gana el partido Los Príncipes o Los Trovadores?

¿Es simpática la bruja Maruja?

¿Están contentos los jugadores
de haberse convertido en ranas?

Fernando Lalana Nació en Zaragoza hace muchos años. La de escritor ha sido su única profesión. Ha recibido los Premios más importantes, como el Premio Nacional, el Cervantes Chico, Barco de Vapor, Gran Angular, EDEBÉ, Anaya... Ha publicado más de 150 libros infantiles y juveniles. Una de sus novelas fue llevada al cine. Ha participado en muchísimos encuentros con lectores en colegios e institutos. Este fue el último cuento que escribió. Ahora, está jubilado.

Lucía Barrios (Lugo, 1982). Ilustradora de libros infantiles. Le gusta trabajar principalmente con técnica digital pero buscando siempre un resultado que recuerde al dibujo manual, y especialmente a los dibujos que a ella le gusta recordar de los libros que leía de pequeña. Su parte favorita es la de crear personajes y jugar a dar, siempre que pueda, un toque de humor a todo lo que hace. Eso es lo que más disfruta de su profesión. En la actualidad trabaja para diferentes editoriales bajo la representación de la agencia Tormenta.